LOS SEIS VELOS

Pedro Antonio de Alarcón

A Agustín Bonnat

(Prólogo y dedicatoria)

Hace algún tiempo que mi amigo Rafael y yo, más enamorados de la muerte que de la vida, dimos un largo paseo por el mar a las altas horas de una tranquila noche de verano, sin otra compañía que la implacable luna, y rigiendo por nosotros mismos un barquichuelo del tamaño de un ataúd.

Cansados de remar, y extáticos ante la solemne calma de la Naturaleza, acabamos por abandonar el bote a merced de las olas, confiando en la mansedumbre con que lo acariciaban, o más bien en nuestra mala suerte, que parecía decidida a no ayudarnos a morir.

Rafael había cantado una patética barcarola, y cuya letra decía de este modo:

«Boga, boga sin recelo,
Del remo al impulso blando,
Como las almas bogando
Van desde la tierra al cielo.
Boga, que el viento no zumba
Y la mar se duerme en calma;
Boga, como boga el alma
Desde la cuna a la tumba.»

Esta sencilla canción había aumentado la tristeza que nos devoraba; tristeza que en él era ingénita o consubstancial, y que a mí me habían comunicado los libros románticos, algunos hombres sin creencias y las esquiveces de la fortuna...

-Rafael... -exclamé de pronto. -Tú debes haber tenido algún amor desgraciado...

Rafael no era comunicativo. En otra cualquier circunstancia habría eludido la respuesta. Pero en aquella situación culminante mi interpelación fue como la ruptura de un dique.

-Escucha... -dijo.

Y me contó una historia incoherente, inexplicable, tan original como melancólica.

¡El desgraciado había pasado la vida corriendo tras un celaje de amor, que se desvaneció lentamente ante sus ojos, dejándole el alma llena de amargura!...

Acabo de saber que mi amigo ha muerto.

Su historia, dormida en lo profundo de mi memoria, ha saltado a la superficie.

Y sin vacilar he cogido la pluma.

Esta es la historia de la historia que te dedico.

Recíbela como mía para ti..., sin parar mientes en el juicio de los profanos.

No te digo más.

PEDRO.

PRIMERA PARTE

EL VELO BLANCO

I

Habla Rafael

¿Por qué estaba yo triste a los diez y ocho años?

Todo me sonreía. Era rico; pertenecía a la familia más ilustre de mi pueblo; amábanme mis padres; había sido dotado por Dios de un alma entusiasta; adoraba lo bello y lo grande, y todo era bello y grande para mí en la tierra y en el espacio.

La muerte del día, el amanecer de la luna, los rumores del campo que me vio nacer, los himnos amorosos que preceden al sol por la madrugada, el variado aroma de las flores, todo hablaba a mi corazón... Pero ¡ay! su lenguaje era triste, desconsolador, como la memoria de un bien perdido...

¡Lloraba yo! ¿Por qué?

¿Era el sufrimiento mi predestinación? ¿Traje en mi alma el germen de la melancolía? ¿Había sellado Dios mi frente con la marca de un dolor indefinible, excepcional, privilegiado?

¿Por qué no era yo como los demás hombres? ¿Por qué mi disgusto hacia las cosas que ellos amaban tanto? ¿Por qué mi aislamiento sobre la tierra? ¿Qué deseaba yo? ¿Qué necesitaba? ¿Qué aristocracia de seres representaba en la vida? ¿Era yo más ángel o más demonio que el resto de la humanidad? ¿Cuál era mi jerarquía? Degradación o preeminencia, ¡yo la aborrecía, yo la rechazaba! Ser como todos era mi constante deseo... ¡Había en mí una superabundancia de vida que me agobiaba! ¿Qué crimen había yo cometido antes de nacer para que se me impusiera aquel tormento extraordinario? ¿Qué premio más alto que el de los demás me esperaba a mí en pago de tan incesante martirio? ¡Ah! ¡Cuánto me odiaba!

En esta situación decidí viajar, a fin de esparcir mi alma por el universo y dejar en cada horizonte una cantidad de pensamiento y de melancolía.

II

A Agustín Bonnat

-Agustín, ¿cómo se llama la enfermedad que sufría mi amigo?

-Celibato intelectual, moral y físico.

-¿Qué lo produce?

-El demasiado talento madurado precozmente en la soledad, o sea en compañía de tontos y de necios.

-¿Cómo se cura?

-Con tres mujeres: primero, una coqueta; luego, un ángel que se muera amando al paciente, y, por último, una mujer que se haga amar.

-¿Qué le pasa si carece de las tres?

-El pobre sucumbe al dolor de estómago.

-¿Y si sólo halla la coqueta?

-Se suicida.

-¿Y si da con un ángel, y el ángel no se muere?

-Se casa; se aburre más que de soltero; hace del ángel un demonio, y revienta de una plétora de vino.

-¿Y si halla a la mujer amable y amanda antes que a las otras?

-No hace caso de ella, ni la comprende...

-¿Y si llega el ángel antes que la coqueta?

-El enfermo muere a manos de su presunto suegro.

-¿Y si tropieza con la mujer amanda después de salir de manos de la coqueta y antes de ver morir al ángel?

-Entonces pagan justos por pecadores.

-Pues bien, Agustín: Rafael se libró de todo eso porque no encontró a ninguna de las tres...

-¿Qué mujer halló entonces?

-¡A las tres resumidas en una sola! Total, ¡nada!

-Es decir, una sal neutra... ¡Desgraciado Rafael!

-Tu dixisti.

III

De Agustín Bonnat

Aquí se me hace indispensable advertir al lector que, cuando habla Agustín Bonnat, no es por cuenta suya.

Lo que él dice lo digo yo.

Y no puede ser de otro modo, supuesto que nos separan trescientas cincuenta leguas, parte de ellas de Monarquía española y parte de Imperio francés.

Porque estoy en París; en el París de Alfonso Karr; en la residencia del gran maestro de este nuevo género de literatura que Agustín y yo nos hemos propuesto cultivar desaforadamente, hasta que nuestros lectores pierdan el juicio...

IV

Sigue Rafael

La primera vez que la vi, fue al rayar el alba de un día de Enero.

Cruzaba yo a caballo la antigua villa de ***, sin pensar en detenerme en ella. Había entrado por una puerta para salir por la otra y continuar mi camino.

Te he dicho que amanecía.

Los ruidosos pasos de mi caballo turbaban solamente la quietud de la dormida población.

Yo iba mirando a los cerrados balcones, saludando con la imaginación a todos aquellos seres desconocidos que dejaba detrás de mí y que suponía entregados al sueño, o bien pensaba en que seguirían viviendo allí rutinariamente más o menos años, sin noticia alguna de que yo había pasado una mañana por delante de sus viviendas, hasta que la muerte los obligase a viajar también a ellos, de quienes, al cabo de cierto tiempo, tampoco tendrían noticia o memoria los nuevos habitadores de sus hogares...

De pronto vi moverse las blancas cortinillas de un balcón, levantadas por linda mano que parecía de marfil, y luego divisé una cabeza despeinada y curiosa que se pegaba a los cristales para verme pasar...

Detuve mi caballo.

Érase una hermosísima joven, de diez y siete a diez y ocho años, blanca como la nieve. Anchos bucles de cabellos negros encerraban unas facciones correctas y delicadas, de pureza encantadora. Sus ojos, negros también, tenían aquella mirada tranquila que hace meditar al hombre en quien se detiene, y sus labios ostentaban cierto orgulloso desdén, propio de las clases mimadas por la fortuna...

Mal hice en detener mi caballo..., y muy mal también en saludar a la gentil madrugadora...

Ella no me contestó; pero tampoco dio señales de enojo, de turbación, de burla ni de complacencia...

Limitóse a dejar caer la cortinilla, ocultándose a mi atrevida mirada, y yo me alejé más triste que nunca...

Medita en este encuentro.

Si yo hubiera tropezado con una mujer semejante en cualquiera gran población, indudablemente me habría sorprendido su rara belleza; pero al cabo de un minuto la habría olvidado... Mas encontrármela al cruzar por una aldea, al amanecer y como sola en el mundo; perderla al encontrarla; verla morir para mi vida cuando mi amor podía haber nacido para ella; dejarla así entregada a un destino en que yo nunca influiría; sospechar que detrás de mí vendría otro hombre y se haría dueño de su corazón; pensar en que ella acaso me hubiera dado la ventura, y en que yo había pasado a su lado sin demandársela..., ¡esto era ya, para mí melancolía, casi una pasión malograda por la fatalidad!

Así fue que súbitamente sentí remordimientos, como si hubiera hecho mal en no quedarme en aquella villa; dolor, como si acabara de perder a una amiga de mi infancia; celos, como si aquella niña me hubiera jurado eterno amor; y amor, como si en el minuto que había estado mirándola se hubiese detenido mi existencia a la manera de un reloj que se para...

Todo el día y el siguiente, es decir, todo el viaje, fui pensando en mi aparición.

¿Quién era? ¿Por qué estaba levantada a aquella hora? ¿Esperaba a su amante? ¿Acababa de separarse de él?

Aquí me asaltaban penosas ideas: mi imaginación se trazaba cuadros desesperadores; la envidia me roía el alma.

¿Había reparado en mí? ¿Me recordó en el resto del día? ¿Creó hipótesis sobre mi destino, como yo acerca del suyo?

¡Ya ves hasta qué punto era yo loco en aquel tiempo! -Por lo demás, hazte cargo de que las emociones que intento traducirte con palabras son de aquellas que el juicio persigue inútilmente, o que no pueden ser aprisionadas en el molde de un concepto. De las verdades que se sienten y no se explican, es una historia que estoy contando...

Hoy mismo creo aún distinguir el rostro de aquella niña entre el blanco tul de las cortinillas del balcón, y lloro lo mismo que lloré aquella mañana...

Como amanecía, creí por un momento que era la aurora, medio velada todavía en los vapores de la noche...

Como aun era algo de noche, la creí la luna pálida de celos al verse frente de la aurora...

Y desde aquel día la adoré con toda mi alma.

V

A Agustín Bonnat

En este punto, mi querido Agustín, pienso y siento lo propio que mi infortunado amigo Rafael.

No sé en qué consiste que los hombres de cierto temple nos enamoramos de la última desconocida que vemos al paso...

Tal vez sea por atormentarnos a nosotros mismos, como el personaje de Terencio...

¿No hay seres que sólo aman lo difícil, lo irrealizable?

Pues irrealizable es un deseo, siempre fijo en lo que ya ha quedado atrás.

Oye y maravíllate.

Cuando la diligencia en que yo voy cruza al galope de diez caballos por la calle de una aldea cualquiera, me entran ganas de casarme con todas las zagalas que me miran estólidamente.

-¡Qué feliz sería yo aquí! -me digo a cada momento. -¿Dónde hallaré otra mujer como ésa?

Y la diligencia corre, y el meteoro desaparece... Pero me queda la melancolía en el alma.

Recuerdo que una tarde pasé por cierto pueblo de la Mancha.

Era domingo.

Yo no lo sabía, o no lo recordaba en aquel instante; pero los cuellos limpios de los lugareños y los zapatos de cordobán de las zagalas me hicieron caer en la cuenta.

Mediaba Mayo.

La tarde era tranquila, transparente, embalsamada.

El mundo parecía un vasto diván preparado para dos amantes.

Los ancianos labradores manchegos paseaban por el campo.

Los mozos se contoneaban por las esquinas con su eterno aire amenazador.

Las muchachas jugaban, cantaban, bailaban, y se burlaban de nosotros los inquilinos de la diligencia.

¡Cómo me entristeció aquel sencillo cuadro de paz, de ignorancia, de fidelidad doméstica!

¡Cómo envidié las almas estúpidas de aquellos aldeanos!

¡Cómo amé a todas aquellas jóvenes castas, devotas e inciviles!

Y sin embargo, escribo esta historia en la patria de Rafael Valentín, el héroe de la Piel de Zapa.

Desde mis balcones se ve el Puente Nuevo, y debajo el luctuoso Sena...

Mañana se estrena en la Grande Ópera Las vísperas sicilianas, última obra de Verdi.

¿Qué son ya para mi corazón todas las zagalas de la Mancha?

FIN DE LA PRIMERA PARTE

Comentario del autor

Amigos lectores:

Antes de proseguir detengámonos un momento a meditar sobre la blancura, color o anticolor que resalta en esta primera parte de mi historia.

Blanca ha sido nuestra heroína; blanco es el invierno, estación en que la hemos conocido; blanca es el alba, a cuya luz dudosa se han realizado los graves acontecimientos que preceden; blanco es el velo a través del cual ha visto Rafael a su desconocida, pues no me negaréis que una cortinilla es un velo; en el blanco empieza la gradación de la paleta; blanco era todo el papel que llevo emborronado desde que empecé esta narración, y blanca es la inocencia que precede a los amores.

Con razón, pues, se llama esta primera parte El velo blanco.

Añadiré ahora que yo amo la blancura. La amo:

En Sierra Nevada, paloma enorme que cobija bajo sus alas purísimas a Granada la Sarracena;

En las nubes de incienso que suben a la cúpula del templo católico, entre las harmonías del órgano sagrado... (Por eso no soy protestante);

En una media de seda, o sea en dos;

En el majestuoso hábito de un fraile dominico;

En la lana de los corderos que se comen la hierba de los valles;

En el cantar de Salomón, cuando nos describe las recónditas bellezas de la mujer bien amada;

En un limpio mantel;

En una rabiosa cascada, cubierta de espuma como un caballo indómito;

En las provincias vascongadas, donde no hay papel sellado, sino blanco por excelencia foral;

En una hermosa dentadura;

En la cabellera de un anciano, hombre de bien, que parece en su casa una bendición de Dios:

En un tazón de rica leche, si me lo sirven en el campo, bajo los árboles, al anochecer;

En un fantasma... (¡Creo en ellos: los he visto!);

En una bandera de paz después de largos años de guerra;

En un día de invierno, cuando nieva mucho y yo estoy sentado a la chimenea, viendo el campo a través de dobles cristales, olvidado de los pobres que se hallan sin pan, ni casa, ni trabajo, ni abrigo;

En un pañuelo de batista que me dice, ¡adiós! a lo lejos, cuando doblo la esquina de cierta calle;

En una azucena;

En la vela que cruza los mares con dirección a los puertos que adoro en mi memoria;

En una bata de muselina con una mujer dentro, sentadas ambas a una reja, en el mes de Septiembre, a media noche... Por eso soy tan melancólico... ¡El cólera no respetó sexo ni edad!;

En la luz de la luna cuando besa por orden mía la losa de un sepulcro, del cual yo estoy distante;

En una buena cama después de largo viaje en que ha habido lluvias, ladrones, aduanas y malas fondas;

En el armiño del manto de los reyes, sin el cual se confundirían con sus vasallos;

En la blanca doble cuando hago dominó con ella;

En la posesión de una blanca que, multiplicada treinta y cinco veces, me daría un capital de más de cien millones;

En el nombre de una dama de Madrid;

En un arma blanca cuando tengo miedo, celos o ira... (Por eso no las llevo nunca);

En toda conciencia, así privada, como curial, como política, como literaria... (Este es un amor platónico)...

En fin, yo amo la blancura en todo lo que es puro, inocente, cándido, angelical, virgíneo; en ho corpóreo, en lo espiritual, en lo moral, en lo teórico, como color, como ausencia de color, como emblema, como símbolo, como apoteosis, como ropa limpia y como albayalde, que, al fin y al cabo, es un veneno.

PARTE SEGUNDA

EL VELO DE COLOR DE ROSA

(Habla Rafael.) -La segunda vez que la vi fue tres años después.

Era una hermosa tarde de primavera.

Paseaba yo por los alrededores de Sevilla, solo aún, siempre solo, con el corazón henchido de reconcentradas ternuras, todavía sin historia de amores, aunque más enamorado que nunca de mi aparición.

Un año antes había ido a buscarla al pueblo en que la encontré; pero ya no estaba allí, ni nadie me dio razón de tal persona.

La casa de las cortinillas blancas era un parador de diligencias, aunque en otros tiempos hubiera sido palacio de no sé qué noble familia. Sólo un criado del parador hizo memoria (cuando le hube designado la fecha y el balcón en que vi a la desconocida) de que era soltera, de que estuvo allí tres días, de que se llamaba Matilde y de que viajaba con su padre, el cual se vio obligado a hacer tan larga parada en aquella aldea por resultas de una enfermedad.

Desesperé, pues, de volver a hallar a Matilde, y hasta sentí saber su nombre, comprendiendo que éste me serviría únicamente para dar más cuerpo y violencia a la rara pasión, que iba tomando caracteres de manía y hasta, de locura en mi debilitado cerebro...

Una tarde, digo, me paseaba por los alrededores de Sevilla, cuando en cierto angosto y solitario camino rural, me alcanzó un lujoso carruaje tirado por dos magníficas yeguas.

Mientras yo me apartaba contra un áspero seto para no ser atropellado, el coche tuvo que detenerse; y al través del cristal, y junto a una medio descorrida cortinilla de color de rosa, distinguí un rostro bello y sonriente, que no podía confundir con ningún otro...

¡Era ella! ¡Era Matilde! ¡Matilde, sin noticia tal vez de que yo sabía su nombre, de que yo la amaba, de que su hermosura era mi constante pensamiento hacía tres años!

Miróme atentamente, y no sé si me reconoció...

Yo me llevé la mano al sombrero, y aun pensaba indicarle que bajase el cristal, cuando de pronto... (bien que todo esto era pronto, rápido, instantáneo) observé que enfrente de ella iba una nodriza con un niño en brazos...

Quedéme frío, insensato, estúpido...; y cuando llegué a dominar en parte mi emoción la carretela había ya desaparecido al trote con dirección a la gran capital.

¡Oh desventura! Mis antiguos presentimientos se habían realizado. ¡Otro hombre la había conocido después que yo!... ¡Matilde se había casado con él! ¡Matilde tenía un hijo que no era mío!...

¿Sabes tú la angustia, la envidia, los rábiosos celos, la desesperación que se experimenta al ver casada con otro a la mujer a quien se adoró cuando era virgen?

¿Sabes tú las adivinaciones, las intuiciones, las recreaciones infernales a que se entrega la desvergonzada imaginación del mísero y defraudado amante?

¿Te figuras cuánto padecería yo en aquel momento, al enterarme de la traición de Matilde?

¡Oh! ¡Y qué hermosa iba, medio oculta tras aquel velo de color de rosa!.. En medio de mi infortunio parecióme ver a la diosa de la tarde, dormida ya en su lecho de esplendorosas nubes, al otro lado del horizonte de mi vida...

FIN DE LA SEGUNDA PARTE

La tarde ha sido de color de rosa; de color de rosa la cortina de seda del carruaje, segundo velo de nuestra heroína; de color de rosa es la luna de miel, primavera del matrimonio; de color de rosa es el porvenir del primogénito de una rica familia. La hora, pues, el sitio, la estación y todas las circunstancias de la anterior escena han sido rosadas y sonrientes... Justo es, por tanto, que la segunda parte de esta relación se llame El velo de color de rosa.

Y aquí reparo por primera vez en que el nombre de este color es una tontería.

Se dice: «una ilusión, un vestido, un panorama de color de rosa...»; con lo cual no se ha dicho nada, puesto que hay rosas blancas, opalinas, doradas, pajizas, purpúreas, carmesíes...

AGUSTÍN BONNAT. (Interrumpiéndome.) -Es que quizá habrá una rosa por antonomasia, desde que Venus matizó los campos con la sangre de sus pies...

-Convengo en ello: hay una rosa de color de sí misma; hay una rosa, modelo, de la cual son variedades las demás...

Prescindamos, pues, de las demás y ciñámonos a ella.

Queda planteada así la cuestión:

-¿De qué color es una rosa?

AGUSTÍN BONNAT. -De color de rosa.

-¿Y una rosa de color de rosa?

AGUSTÍN BONNAT.-Rosada.

-Eso no puede ser. Déjame pensar un rato. Yo daré con ello. Fuma si quieres.

Una rosa..., una rosa..., es de color de... de...

De color de uñas. (Yo gusto de las uñas bonitas, largas, sonrosadas...)

De color de labios de niño. (¡Qué grato es tener por amigo íntimo, no a ningún hombre, sino a un chiquillo de tres años!...)

De color de billetes de quinientos reales.

De color de... (Aquí vuelvo a recordar el cantar de Salomón.)

De color de rubor... ¡Bendito sea él! ¡Bendito sea cuando abrasa una mejilla morena sellada por un beso...;

Cuando sube a la frente de una virgen e impone respeto a un atrevido galán;

Cuando invade las orejas de un hombre tímido;

Cuando atestigua honradez, vergüenza, indignación, modestia...

¡Bendito sea él cuando decimos al verlo: ¡Mire usted, mire usted: el embuste le sale a la cara!

O cuando ha sido comprado en una perfumería y se lo lleva en los labios un D. Juan entre bastidores;

O cuando es producido por el deseo, más bien que por el temor;

O cuando ilumina de júbilo y de entusiasmo un rostro marchito antes de tiempo;

O cuando viene seguido de una apoplejía fulminante!...

Pero vuelvo a la rosa.

Una rosa es:

De color de viaje a Madrid cuando lleva uno, la cartera atestada de cartas de recomendación... (Yo llegué a Madrid sin cartera, ni más ni menos que hoy se halla el Presidente del Consejo de Ministros).

-De color de herida que empieza a sanar;

De color de María, llamada Rosa Mystica, denominación, por cierto, muy tierna e inspirada... ¡Bien que toda la Letanía es un cántico divino que parece escrito por los ángeles, un Rosario de dulcísimas metáforas que equivale a un ramillete de ricas flores!...

¡Ah! Yo gusto de recordar a mis solas la Letanía, y siempre me dejo algo.

Pero a propósito de Rosario:

Una rosa puede ser también:

De color de rosario, puesto que rosario significa guirnalda de rosas...;

De color de cierto rosoli del mismo nombre, que beben los imperitos;

De color de polvos dentífricos de Quiroga... (Los recomiendo);

De color de alegría;

De color de fresa;

De color de amor, de dicha, de esperanza, de juventud, de castillos en el aire, de salud, de amanecer, de flor entreabierta, de fruto sano, de escenas pastoriles, de gloria, de adolescencia, y de papel secante para que no se borre esta novela...

¡Escoged!

PARTE TERCERA

EL VELO VERDE

(Habla Rafael.) -Inútilmente busqué a Matilde por todo Sevilla: no la encontré.

Pasó un año.

Mi amor, mi extravagante amor, era una monomanía, una locura.

Cuando un hombre de mi temple se fija en un deseo y no lo consigue, vive como Prometeo, sintiendo en las entrañas el lento roer de un buitre.

Veía otras mujeres, otras caras; yo era lo bastante rico para hacerme amar; lo bastante joven para inspirar amor; pero yo no quería otra mujer que aquélla. Yo la había visto niña, virgen, inocente. Yo había meditado sobre su destino. Yo había seguido su vida con la imaginación. Yo estaba íntimamente ligado a ella... Y, por tanto, padecía como un esposo ofendido, como un amante abandonado, como un bienhechor a quien afligen la ingratitud y la perfidia de su cliente.

Tal era mi estado la tercera vez que la vi.

Terminaba un baile de máscaras en el gran salón del teatro de Oriente en Madrid.

De pronto oyéronse ásperos gritos, y se produjo grande alarma bajo la famosa araña central, punto de cita de las personas más elegantes.

Parecía ser que un caballero había arrancado la careta a cierta máscara vestida de hechicera y cubierta con un velo verde...

Decíase que el agresor era su esposo, y que la había oído jurar amor y constancia a otro caballero, de cuyo brazo iba.

Éste, al ver la atrevida acción con que el injuriado marido adquirió la certeza de su infortunio y de su deshonra, lo insultó ferozrnente, y aun puso la mano sobre su rostro...

Palabras de duelo a muerte habían mediado, por tanto, entre el esposo y el amante, que por cierto se conocían y hasta se tuteaban...

Yo me acerqué al lugar del conflicto.

La adúltera recobraba en aquel instante el conocimiento, sostenida por algunas piadosas enmascaradas y rodeada de varios caballeros que la defendían del airado esposo, empeñado en ahogarla allí mismo con sus manos.

Nadie la conocía Pero todos la amparaban misericordiosamente.

Yo sí la conocí.-¡Era ella! ¡Era Matilde!

Sin darme cuenta de lo que hacía penetré en el grupo, y le dije a la sin ventura, ofreciéndole mi brazo para que se apoyara:

-¡Nada tema usted, Matilde!... ¡Nada tema usted!... Aquí estoy yo...

-Este caballero la conoce...-exclamaron algunos, cediéndome el honor de protegerla.

La infortunada me miró y lanzó un leve grito, al propio tiempo que se tapaba el rostro con las manos...

¡Me había reconocido!

-¿Quién es esta señora? ¿Cómo se llama su esposo? -me preguntaban al propio tiempo los circunstantes en voz baja y con extremada cortesía.

-No lo sé... -respondí tan estúpidamente, que todos se echaron a reír.

Entretanto la hechicera había logrado escapar y perderse entre el compacto gentío, y el marido era conducido ante la autoridad por un comisario de policía.

-¿Quién es la señora que ha dado ese escándalo? ¿Cómo se llama su marido? -pregunté yo entonces a mi vez a varias personas...

Pero nadie los conocía, ni pudo tampoco decirme el nombre del tercer personaje de aquella horrible escena, de mi segundo venturoso rival, del amante de Matilde...

En cuanto a las consecuencias del lance, nada oí hablar en Madrid al día siguiente ni en los sucesivos.

Comprenderás perfectamente que no había yo de hacer indagaciones directas y formales por medio de la policía.

¿Para qué, ni por qué?

¡Ay! Matilde me inspiraba ya, no sólo amor, no sólo despecho, no sólo piedad, no sólo lástima, sino también terror y miedo...

Además, su actitud al reconocerme en el baile desmostraba que no quería tener nada que ver conmigo; que también me temía o me odiaba; que yo le infundía, lo mismo que ella a mí, no sé qué terror supersticioso, y que lo me jor que podíamos desear era no volver a encontrarnos en toda la vida.

Sin embargo, la fatalidad lo había dispuesto de otro modo.

FIN DE LA TERCERA PARTE

Todo baile de máscaras tiene algo de infernal, e infernal se titula la galop con que todos acaban...

Pues bien; lo infernal es verde.

Una hechicera huele a azufre...

El azufre tira a verde.

Y el adulterio es verde...; es decir, un cuento verde.

Por tanto, aun prescindiendo del color de velo que envolvía a Matilde en el baile de máscaras, he procedido como un sabio al titular esta fatídica tercera parte de la historia de Rafael: EL VELO VERDE.

Lo cual no impide para que sean todo lo contrario de fatídicas, y a mí me gusten mucho, las siguientes cosas verdes.

Paul de Kock...

Un vestido de terciopelo verde. Dicen que el terciopelo viste mal... Pero el verde, cuando oprime un talle esbelto, adquiere graciosos tornasoles de culebra... ¡Jóvenes recién casadas! Si tenéis buen talle, egregia garganta y elegantes caderas, y sabéis andar a la andaluza, id a la plaza de San Antonio de la ciudad de Cádiz, a las tres de la tarde de un día de Enero, con vestido de terciopelo verde y mantilla de blonda... ¡Así os he visto yo!... ¡Ah, francesas, francesas! ¡Si no queréis suicidaros, no vayáis a la plaza de San Antonio de la ciudad de Cádiz!

Pero basta de digresión, y sigamos enumerando cosas verdes que me son gratas:

Las olas del mar;

Los negros, vestidos de ceremonia, en su país;

Los trigos en Marzo;

Algunos ojos de coqueta;

El bronce antiguo;

El tapete de una mesa de juego cuando juega uno la última moneda que espera tener;

Las esmeraldas;

Las cortinas de las salas de óptica de los hospitales, y las gafas de un amigo mío;

Y las hojas de casi todas las plantas.

No diré nada de las mesas de billar, ni de los cazadores del Ejército, ni de la cruz de Alcántara, ni de las islas de Cabo Verde, ni de los pabellones de Irlanda, Constantinopla, Maratas, Marruecos, Salé, Alto Perú, Trípoli y Texel, que todos son verdes...

Pero no pasaré en silencio el laurel sacro de los artistas...

Tampoco dejaré de hacer mención de la encina de Irminsul, del primer traje de Eva, de los cocodrilos y de las uvas verdes de la fábula.

Pero lo que sobre todo amo yo es la esperanza, de que es símbolo el color verde.

Y la amo con frenesí, con locura, como a una coqueta casquivana que me atrae, me repele, me acaricia y me burla a un mismo tiempo...

¡Ay... ¡Quizá la amo más bien como se ama a una muerta querida...; esto es, a una querida muerta!

PARTE CUARTA

EL VELO AZUL

-I-

-¡Bravo!

-¡Re-bravo!

-¡Archi-bravo!

-¡Proto-bravo!

-¡Non-plus-ultra-bravo!

-¡Bravo-Murillo!

-¡Maldición sobre ti, político de los diablos!

-¡Tú nos desencantas al hablarnos de los hombres!

Una rubia. -Pues ¿de qué ha de hablarnos? ¿Qué sería del mundo sin hombres?

-¡Los políticos no son hombres!

-Son animales divorciados de la Naturaleza.

-Son locos: dejan lo positivo por lo ideal.

-Y viceversa: son los poetas de la prosa: persiguen la quimera de un dudoso materialismo.

-¡Valen menos que una botella vacía!

-¡Valen menos que el corazón de mi Dolores!

Dolores. -¡Desde que tú reinas en él!

-¡Luego yo reino!

-¡El reina!

-¡No se admiten razonamientos!

-¡Muera el silogismo!

-¡Viva el dinero!

-¡Y el ocio!

-¡Y el vino!

-¡Y la bacanal!

-¡Guerra al trabajo!

-¡Y al pensamiento!

-¡Y al estudio!

-¡Guerra a la guerra!

-¡Dadme un abrazo!

-¡Quemad perfumes!

-¡Llenad mi copa!

-¡Bailad, infames!

-¡Canta, Dolores!

-¡Abrid ese piano!

-¡Dadme opio!

-¡A mí, cigarros!

-¡Dejadme dormir!

-¡Coronadme de flores!

-¡Poeta, improvisa!

-¡Allá va!... Necesito un trono... Hacédmelo con vuestros brazos, hijas mías... ¡Lavadme los pies, esclavas! ¡Atención!

> ¡Dadme vino! ¡Dadme sueño!
> ¡Dadme muerte! ¡Dadme olvido!
> ¡Cese ya este loco empeño
> en que el hombre nunca es dueño
> del placer apetecido!
> O dadme vida mejor,
> en que, clavada la rueda
> de tiempo devastador,
> gozar sin recelo pueda
> eternidades de amor.

-¡Bravo! ¡Re-bravo! ¡Archi-bravo! ¡Non-plus-ultra-bravo!

> ¡Dadme esa vida que veo
> al través de aquella vida!...
> ¡Dadme esa vida en que creo...;
> esa vida que deseo
> como una gloria perdida
> ¡Dadme la vida inmortal!...
> Y, si esto es mucho pedir,
> prosiga la bacanal,
> y en este frágil cristal
> escanciadme el porvenir.

-Poeta, tú lloras...

-Tú sientes...

-Tú recuerdas...

-Tú amas...

-¡Fuera el poeta! ¡Muera el hombre que tiene corazón!

El poeta se encoge de hombros, y se debe otra botella de Champagne.

Tres minutos después cae sobre la alfombra.

Una salva de carcajadas truena sobre sus ruinas.

Dolores recuesta en su regazo la marchita frente del joven cantor y lo ve dormir con honda pena.

Entre tanto ruge el piano locamente bajo los dedos del músico.

Está ebrio, y traza un preludio frenético, delirante.

Todos guardan silencio.

Una fantasía lúgubre, siniestra, desesperadora, brota del aire.

Es la Campana de los agonizantes, del maestro Schubert.

Dan las tres de la mañana.

Las bujías van amortiguándose consumidas.

El sueño se apodera de aquellas cabezas estúpidas o insensatas.

La canción expira lentamente...

El músico se duerme sobre el piano, y, al rodar luego al suelo, arranca del teclado un largo gemido inacorde...

Sólo vela ya, pues, entre los calaveras y cortesanas, vencidos por la orgía, la insomne y triste mirada de Dolores.

Pero ¡ay, no!... ¡Que también estaba yo allí!

-¿Tú, Rafael?

-Sí: ¡yo mismo!... !Ojalá no fuera cierto!

-Cuéntame... Cuéntame...

(Sigue Rafael.) -Yo había presenciado, oculto detrás de una cortina, la escena que acabo de pintarte.

No pudiendo creer que Matilde, mi adorada de toda la vida, hubiese descendido tanto en la escala de la degradación, habíame hecho conducir a aquella infame casa, en uno de cuyos balcones me parecía haberla visto servir de muestra y señuelo a los transeúntes.

Y, desgraciadamente, no me habían engañado mis ojos ¡Dolores era Matilde!... ¡Matilde, cuya impudente desnudez... no diré que estaba encubierta, sino que lucía más y más, adornada por una vil túnica de gasa azul.

Ni por un momento pensé en hablarla... ¡Respetaba demasiado mi antiguo ideal, mi ilusión de tantos años, para prostituirla en un minuto!

Crucé, sin embargo, ante ella, saliendo de mi escondite, cuando hubo terminado la bacanal, y le dirigí una dolorosa mirada.

La sin ventura dio un grito de espanto, de vergüenza, de remordimiento, como si viera ante sí el fantasma de sus muertas virtudes, y se cubrió el rostro con las manos.

El poeta, que dormitaba con la cabeza reclinada en las rodillas de la asalariada beldad, abrió los ojos al oír aquel grito; la miró con ojos estúpidos; trató de abrazarla; y, no permitiéndolo la embriaguez, volvió a dormirse tartamudeando algunos versos...

Yo huí de aquella casa, loco de amor y desesperación.

FIN DE LA CUARTA PARTE

¡Lo azul! -He aquí mi color favorito.

¡Lástima, pues, que en la anterior escena Matilde estuviera velada de azul!...

Lo azul es el crespúsculo de lo negro... (Ya lo dije antes de ahora, creo que hablando del color de la bóveda celeste... Pero después me he arrepentido de este blasfemo epigrama.)

Azul es la melancolía del espíritu; no la corporal, que es amarilla, según veremos más adelante.

Azul es la distancia, patria del pensamiento.

Azules son los lirios, esas elegías del mundo de las flores.

Azul, en fin, es la tristeza.

Azul es Alfonso de Lamartine, según Alfonso de Cormenín.

La lontananza del horizonte, las remotas montañas, el Océano, el cielo... ¡todo lo inmenso, todo lo infinito..., es azul!

¡El cielo!..., fanal que recoge y guarda los suspiros del género humano, el ámbar de nuestra fe y el humo de las chimeneas...

El humo he dicho... ¡También es azul el humo! ¡Y cuenta que el humo representa cosas! Os recomiendo que penséis en el humo... ¡Tal vez no hay nada tan poético ni tan filosófico en la Naturaleza! El humo es el término medio entre el ser y el no ser, entre la tierra y el cielo...

¡Ah! ¿Quién sabe si lo azul del cielo consistirá en que está ahumado?...

Por lo demás, yo amo el cielo; ese cielo interminable, que consigue rendir los bríos y la curiosidad de mi alma; ese cielo mucho más extenso que mis deseos de volar, y que mis fuerzas, y que mi paciencia..., pero no que mi esperanza; ese cielo, en fin, que me ha enseñado a despreciar la tierra, bien que no a comprender la vida...

¡Oh! ¡Qué grande es todo lo azul!

Y, además, ¡qué bonito!

Azules eran aquellos ojos de serafín, hoy cerrados por la impía muerte, que no hablaban mis pasiones, sino que acariciaban suavemente mi corazón, calmando en él la fiebre de los sentidos...

Azules son ciertos diablos extranjeros que llevan este nombre, y los lagos de Suiza, y la tisis, y la putrefacción, y aquellos lazos de seda con que amortajan en toda Europa a las vírgenes...

Mas, ¿qué digo? Todo lo Moribundo, todo lo que va a desaparecer, es azul. Por ejemplo: la mañana es blanca, y la tarde es azul...

Como azul es la asfixia... Véase Cianosis.

Y las venas de las mujeres blancas, y el manto de las Concepciones de Murillo, y la ausencia, y los celos, y las violetas, y otras muchas cosas exquisitas, son azules...

¡Qué horror! ¡Acabo de acordarme de las medias de los aragoneses!

PARTE QUINTA

EL VELO NEGRO

I

Sigue Rafael

El velo con que siempre se me aparecía aquella mujer iba obscureciéndose poco apoco, como su destino y como mi alma.

Ciñó primero el velo blanco de la inocencia; después, el velo rosado de la dicha; luego, el velo verde de criminales deseos y esperanzas; en seguida, el velo azul del desamparo y la tristeza... No fue mucho, por tanto, que, al aparecérseme otra vez, ciñera el velo negro del pesar y los remordimientos...

Era el día de Finados.

Estaba yo en el cementerio que guarda las cenizas de mis padres, y paseábame por aquellas largas calles de tumbas como un alma en pena.

De pronto distinguí entre el gentío una pobre mujer vestida de negro, que colocaba algunas flores sobre la sepultura de un niño.

¡Era ella!

-Procuré que no me divisara... ¡No quise que mi vista acrecentase su dolor, recordándole aquel tiempo dichoso en que la vi joven y llena de hermosura, dentro de lujosa carretela, en las orillas del Guadalquivir, acompañada del precioso niño de color de rosa que me causó tantos celos y envidia!

¡Desventurada! ¡Su hijo la había abandonado también!... ¡Pero ella no le había olvidado, y desde la más honda miseria, desde los abismos de la infamia, iba a cubrir su sepultura de lágrimas y flores!...

Aquella piedad maternal la redimió a mis ojos; y al alejarme, sin que por fortuna me hubiese visto, exclamé con indecible amargura:

-¡Matilde! ¡Matilde!... No quiero volver a verte... ¡Ignore yo, al menos, el triste fin de tu existencia, ya que la suerte no dispuso que corriese unida a la mía!

¡Pero el cielo lo quiso de otro modo, y volví a verla!...

FIN DE LA QUINTA PARTE

Lo negro absorbe todos los colores, como el luto de una madre resume las esperanzas cifradas en su hijo...

Sin embargo, ¡benditos sean tus ojos negros, actual amada de mi alma. (He dicho actual.)

Tus ojos negros, sepulcro de todas las miradas mías...

Tus ojos negros, siempre fatigados y sedien-tos de amor...

Tus ojos negros, que leen en lo profundo de mis ideas...

¡Tus ojos negros!...

Y tu mantilla negra...

Y tus cabellos, y tus cejas, y tus párpados negros...

Y tu botita negra de charol.

Y después de ti, ¡maldito sea todo lo negro!

¡La noche sin luna ni luceros... ¡maldita sea!

La nada...

El ateísmo...

El odio...

La primera hora de viudez...

¡Malditos! ¡Malditas!

Y la tinta de mi tintero... ¡Ah!, ¡no!

¡Bendita sea la tinta negra de mi tintero!

Ella es mi capital,

Mi descanso,

Mi recreo,

Mi porvenir,

¡Quizá mi gloria!

¡Bendita sea la tinta negra de mi tintero!

Mi tintero encierra un mundo, una infinidad de seres que nacerán algún día.

¡Pienso escribir cien novelas de pura invención!

Cien novelas, a veinte personajes, componen dos mil individuos.

Ellos vivirán, hablarán, y forse... dejarán un recuerdo...

Yo los sacaré de la nada, los crearé, les daré cara, pasiones y vestidos a medida de mi gusto, los bautizaré o nos los bautizaré, y los cortaré el pescuezo el día que se me antoje...

¿No es esto ser un semi-Dios?

¿Qué me falta?

Crear la materia; la parte vil del universo, y haberme creado a mí propio...

Pero almas, caracteres, afectos, discursos, sucesos que parecerán reales, yo los inventaré, yo los lanzaré al mundo, yo haré que influyan en su marcha tanto como si fueran verdad.

¡Bendita sea, pues, la tinta negra de mi tintero!

Y, fuera de mi amada y de mi tintero, mueran todas las cosas negras!

Pero ahora recuerdo que soy cristiano y negrófilo...

Elimino, pues, de mi reprobación a San Benedicto y a todos los esclavos del mundo.

En cambio incluyo a los limpiabotas.

Odio además los escarabajos,

Los cabestrillos,

Los lutos,

El carbón,

La pólvora,

Y el casco de las botellas vacías.

Pero aquí se me ocurren otras cosas negras que amo.

Amo al negro Plácido, al poeta sacrificado al Chénier de América.

Amo un templo obscuro, una catacumba.

Cualquier superstición.

Un traje negro de señora.

El ébano, las trufas, el frac, el azabache.

Y una aventura en el interior de una chimenea. Y sobre todo lo negro amo o aborrezco mucho (pues no sé qué decir) un alma de ciego de nacimiento...

Porque la ceguedad, o la ceguera (como queráis llamarla), es el bello ideal de lo negro.

¡Ser ciego! ¡No ver! ¡No haber visto!...

He aquí el más alto símbolo de la negrura.

PARTE SEXTA

EL VELO AMARILLO

(Habla Rafael).-La última vez que la vi fue también al través de un velo.

Pasaba yo un día por la calle de la Montera, cuando un amigo mío, que estaba parado en la puerta de la iglesia de San Luis, me llamó y suplicóme que entrase a ser testigo de una boda, en sustitución de otro que tardaba.

Accedí, y al atravesar el templo con dirección a la sacristía, vi en medio de él una mujer todavía joven, enteramente sola..., completamente abandonada...

¡Era Matilde!

Cubría su faz un espantoso velo amarillo.

¡El velo de la muerte!

Porque ¡ay! Matilde no era ya Matilde... Era un cadáver tendido en negro y pobre ataúd, ¡en la caja de las Ánimas!

Lloré entonces su desgraciada suerte... y, ¡mira!..., no sé por qué, todavía la lloro...

FIN DE LA SEXTA Y ÚLTIMA PARTE

Hay algo más horrible que lo negro, y es lo amarillo.

Negro es el caos; negro es el no ser; pero la muerte del ser, la muerte de lo que ha vivido es amarilla como las mieses agostadas.

El ocio, el tedio, el fastidio, todos los engendros de la hiel, son amarillos. Dijérase que en ellos la muerte está mezclada con la vida.

La siempreviva, flor de las tumbas; una lámpara cansada de arder, y el oro, frío y devastador, amarillean también como los cadáveres.

La fiebre amarilla es la peor de las fiebres...

Y la cera amarilla es la cera funeral.

Y amarillos son:

El cólera y la cólera,

Todo lo viejo, todo lo rancio y todo lo descolorido,

La hopa de los ahorcados,

Los arenales de África,

Las hienas,

La ictericia, la misantropía, la androfobia,

La dolencia y el dolor,

El insondable hastío,

¡El hambre!

La faz del libertaje,

Los pergaminos,

Pallida mors.

Una carta de amor de antiquísima fecha...

Y la mitad de la bandera española.

¡Ay de aquel cuya vida es un amarillento erial cubierto de espinas, que le recuerdan otras tantas rosas llevadas por el viento!

¡Ay de la bandera española!

Adiós, Agustín Bonnat.

FIN